昨日之肉

金門馬祖綠島及其他

白靈　著

得獎感言

白靈

詩是宇宙之花，絕非地球所獨有，它是宇宙能量藉高等智慧生物展現其既虛又實之美姿的一種普遍形式，必然遍開於宇宙各個不可知的角落。因此寫詩既是地球人孤獨的，又從來不是孤獨的事業，此種與袤廣遼敻的時空相互繫連的「詩的動態宇宙觀」，是個人對詩的最基本信念。

如此往上可與百億光年的三千大千世界，往前可與幾千上萬年的古人和歷史，往四面八方可與當下時空眾多心靈互聯，建構出可見和不可見的「能量海」的網絡，每一首詩都是此網絡上發射的「能之花」、「能之光」。花有的小，有的大，花期有的長，有的瞬開即謝，發的光有的暗如螢火或燐火，有的可能亮如煙火或烽火。詩如是，生命亦如是。

因此每一位詩人其實都不是他自己，他（她）的身上一定都或暫或久住過數百上千個詩人，他是他們的喉嚨；他（她）的身上一定也都或闖入或踩踏或閃過幾千幾萬幾百萬個老百姓，他是他們的集合體，他在詩裡計算著自己有限得可憐的微少成份，他把幾百首詩篩一篩，掉出來的，可能只剩一堆頭皮屑和一撮白髮。

三十幾年前與我同時出發的詩人多達數百位，經過漫漫不知底在何方的長跑後，現下可能只剩十來位，而跟上來的年輕世代一波波，黑鴉鴉一片，正以後浪推前浪的態勢逼迫而來。這種現象並非台灣獨有，亦非兩岸非地球非古非今而已，是世世代代詩人命運之必然，是宇宙能量運動之必然，每一位詩人都像在黑夜中隨勢泅游在這「必然之河」上，努力綻放自己的「浪花」。

當今詩壇能人和高人不少，此詩集能脫穎而出獲獎，幸運成份必佔幾分，而既然此詩集主題所涉及之金門馬祖和綠島「一座座，俱是強烈地痙攣過的島嶼，事過境遷後，皆被推落檯面，或像氣球般被放風到空中，當作戰地標本或思想標籤，從此成了可有可無的『昨日之肉』」，則或可視作這些島嶼正擬重閃它們最後的光芒。感謝這個獎，它是一具強力探照燈，把光打在這本詩集上，不，也打在這三座小島上，讓這三朵時代的「能量之花」有機會開得久一些、也光燦得更為耀眼。

5

▲〈不想的想〉——混亂是整齊不規則是規則（見本書卷三）

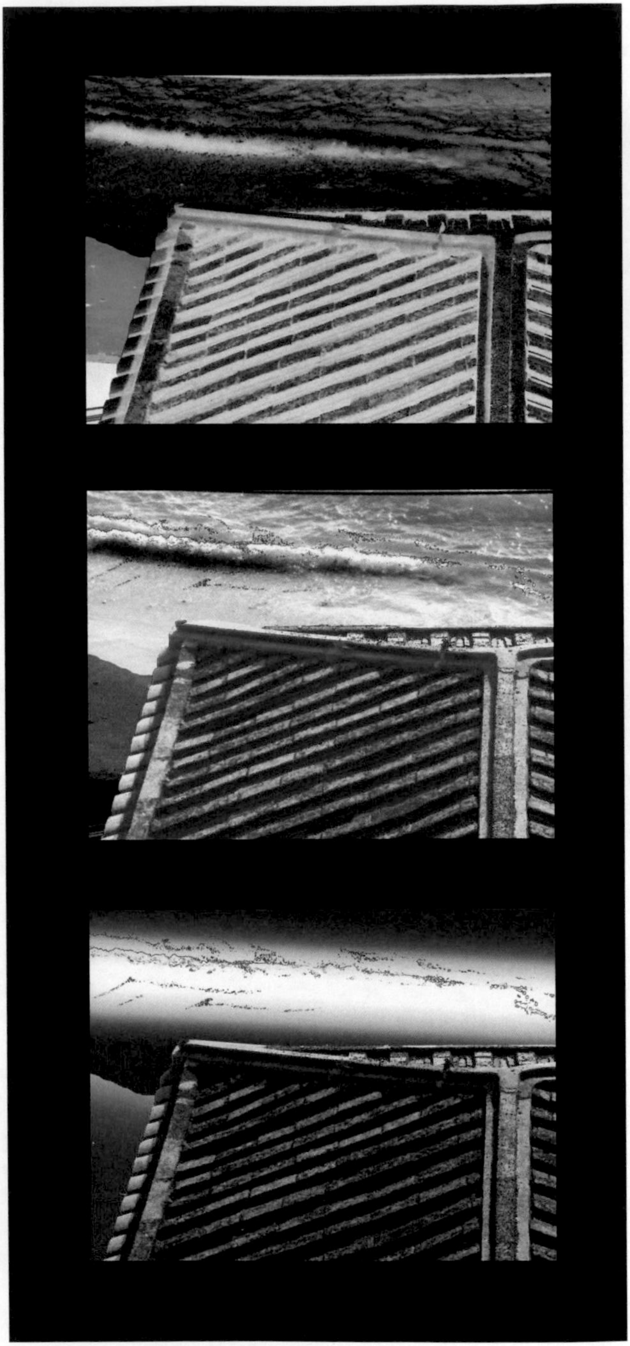

◀〈即蓋即拆的想〉：浪是海即蓋即拆的屋瓦（見本書卷三）

7

▲〈萬歲〉：伸了一伸萬分之一歲的紅舌頭（見本書卷三）

◀〈三〉：三顆子彈曾是三道飛機雲（見本書卷三）

◀〈拼命逃逸的夢〉：現在一隻手就笑笑地挺住（見本書卷三）

▲〈悶〉：三十年從沒被打開（見本書卷三）

▲〈浪花〉：翻滾在阿嬤的山頂（見本書卷三）

▲〈西瓜一樣的脆〉：石頭拼命喊「有！」也無法萬歲（見本書卷三）

邊境與夢境（自序）

白靈

一座座，俱是強烈地痙攣過的島嶼，事過境遷後，它們皆被推落檯面，或像氣球般被放風到空中，當作戰地標本或思想標籤，從此成了可有可無的「昨日之肉」。

金門始終是飄浮在天空中的，一甲子過去了，到現在還沒有落地。

只要與近代史扯上關係的島嶼，命運率皆如是。它們身不由己，它們或直接或間接被戰爭擺佈、被政治拉扯，它們身上被塗了太多迷彩，被炮火轟過、被煙火灑過，令人目不轉睛、令人眼花撩亂。它們是被祭祀過的昨日之肉、被炸爛再重新拼貼的前世之夢，於一陣喧囂熱鬧之後，如今被冷置一旁，企圖發出聲響，卻發現沒有自己的喉嚨。它們看似地處邊境，卻始終作著別人的夢。無法選擇自己的未來，是這些邊境之島之嶼的最大困境。

這世上沒有什麼是理應如此的，再小的土地，有朝一日，依然有權決定自己的未來，可以不必急在一時，可以等待自由的價值兩岸化、普世化之後。可以輕輕鬆鬆看世局如萬花筒輪轉，現在輪到別人旋轉他們的筒身、變換他們的花樣了。像被壓縮到極致的彈簧，如今時間終於放鬆他們壓制的雙手了，彈簧以極大的後作用力將這些邊境之島之嶼彈到空中，彈到都快看不見了，幾乎都要消失了，久久，才在雲端之中、之下，略略出現它們渺微的身影。

其實金門、馬祖、綠島等島嶼都不是他們自己，它們是近代兩岸四地、乃至全世界各地華人的化身：他們不由自主、他們身不由己，他們陷在戰爭中痛恨戰爭，陷在政治中痛恨政治，陷在仇恨中痛恨仇恨，陷在標籤中痛恨標籤，陷在撕裂中痛恨撕裂。他們沒有手，他們是別人的棋子；他們被人在棋盤上極快速地、或極慢速地推移，卻不知道整個棋局是怎麼一回事；他們厭惡、卻無法不是被祭祀中的、被祭祀過的昨日之肉！

金門、馬祖、綠島三個邊境島嶼中，兩個在西，一個在東，它們三個中是二紅一黑、二軍一警之島。兩個過去是戰火前線，一個是後方的監禁之所；兩個是監控外在的軍事敵人，一個是控管內在的思想敵人。二十年前，它們皆是禁忌之島，閒雜人等概難登島，何況要一窺堂奧？即使到了今天，表面上都開放觀光了，但仍有禁忌之區或雷區或高牆阻斷了去路，神祕縮小了，但仍躲於一隅或牆後，乃至潛伏於地下，成為不可探究的禁區。比如金門列管的雷區有二〇四處，一九九七至二〇〇六年曾委商排除了十五處，到二〇〇七年仍有雷區一五三處，總面積約三四五萬平方米，本來預計至二〇一〇年可全數清除，但至二〇〇九年才清除約一一七萬平方米的雷區，排除了兩萬八千多枚地雷，現在預計要到二〇一三年才可完全清除。然則埋藏一甲子的地雷，恐仍不易就這麼自這塊土地上予以挑出剔除吧！那深深埋藏在金門人以至馬祖人心中的雷區呢？

心中的「地雷」是長在肉上的，埋藏得難見痕跡，當然拔除非常困難。而且這種「地雷」竟然有「傳染」作用，心中無「地雷」的也會因思想、感情的感染而「長出地雷」來，甚至不只橫向傳染，還會縱向傳個兩三代，二二八就是最顯著的例證，白色恐怖時期「經營」出來的綠島的命運，又是另一例。幾千個政治犯和思想犯被認定是社會人群中的「思想地雷」和「毒草」，成了五〇至八〇年代精神最火爆的地區，幾乎用想像就可看到島上的冲天怒氣和滿天燒得火旺的思想的霞光。

而就是這一前一後的三個小島嶼夾住臺灣本島，令其有驚無險地渡過了一甲子，金門馬祖真實火藥做的十多萬枚地雷（比如馬祖北竿二〇〇八年十二月也曾挖出兩千四百五十一顆各式地雷）差點要爛在戰地上，綠島沒能馴化的思想的地雷卻終能回到本島上，四處橫行，不斷引爆，終於「爆響」出華人地區最自由開放的民主場域。本來被槍桿子控管住的「邊境」，竟然在苦痛磨折中折射出、經營出思想的「夢境」來，不能不說是亞洲少見的奇蹟，更是漫長的中華歷史中難能可貴的精神碩果，令人嘖嘖稱奇。它們一座座，俱是強烈地痙攣過的島嶼，但「邊境」畢竟是邊境，離兩岸中心都太遠，事過境遷後，它們皆被推落檯面，或像氣球般被放風到空中，當作戰地標本或思想標籤，從此成了可有可無的「昨日之肉」。然則，無論如何，海峽此岸的兩千三百萬人如今都得慶幸曾保有過一個「會思想的綠島」，經過歲月的推磨而終能打亮發光，但海峽彼岸的「會思想的綠島」又在何方？

跟這幾顆「會爆炸的島嶼」牽扯上關係，還得從金門對岸的廈門說起。一九四九年我的母親帶著我的一兄一姊，在廈門的鼓浪嶼一間洋房的二樓裡打地鋪，等著我母親舅舅的商船來到，要載她們去找我早幾年就到臺灣討生活的父親。等上了船，離開廈門時，她們對離港左方不遠的幾個荒島一定深感疑惑，不曉得那些小島叫什麼，我的哥哥姊姊說不定隨口就這樣仰頭問過，我的母親說不定轉頭問了別人，也許有人回答：「金門啦。」經過一甲子，我與我的哥哥和兩位惠安老鄉的兄長來到這間洋樓，向一位九十幾歲的老遠親打聽當年我母親來此的情況，那老頭子說沒印象，說客廳裡要逃難的人有一大群，不記得誰是誰了。我往他所說的客廳看過去，一點點幾坪大，窄小地堆了一些家具，很難想像當年一大群人慌張焦急的模樣，而我的母親和兄姊就在其中。

這之前也曾從廈門搭船到金門巡航一圈，或從金門到金廈間的海域與兩岸文友短暫相會。但十幾年來去最多次的是金門，多是為了幫「冷却了的金門」加油打氣，或是詩酒節、或是碉堡藝術節、或只是單純的文友相聚，或純粹匆忙得有點過頭的小三通。印象最深的是第一次，站在金門岸上碉堡內於望遠鏡中把廈門拉到眼前時，真是百感交集，前輩詩友的戰地經驗、出生入死的砲火中求生歷練、爬太武山的極度瞭望、冬季看鸕鶿滿天漆黑地飛翔、喝高粱如火、金門藝術家詩人朋友的豪情與哀傷等等，都來眼前當下交疊，恍惚間好像有條船正緩緩駛過眼前海面，其中就載了我年輕的母親和年幼無邪不知戰爭為何物的兄姊。我來此，就好像為感受當年她眼中的焦急和渴盼而來，往後數十載她日夜想的竟都是她身後的老家和身陷其中久久無訊息的親人。那種「想」是我始終難以模擬和真正深刻體會得到的，是那種提整座臺灣海峽的水也難以澆熄的「想」啊！我站在「邊境」上，想著母親在世時三度回到老家，她之前的「夢境」和之後的，究竟是怎樣反覆疊加的內容？

之後為了準備「三角堡詩展」或「長寮碉堡藝術展」，又多來回了幾次、多住了幾天，卻始終看不到「昨日之肉」有被加溫加熱的感覺，寂冷如故，默靜如故，甚至有些荒涼。很難想像當年十萬大軍臨境，坦克大炮橫行、步履交錯、砲聲隆隆、碎片在山頭飛起的景象，我眾多的前輩詩人沾著血冒著汗寫出的詩篇背景，竟是這樣一個時代荒謬、人性扭曲、繁榮轉眼又化為淒寂的場景。如今他們諷刺調侃的戰地局面竟像舞臺的道具一般，瞬間就被轉換成每年藝術節所欲展出的一角或諷喻的能指，其代價卻是一整代人的青春和血汗。收在此集中有關金門的詩作，即是多年來去之間有感而發之作，驗證的是「昨日之肉」的處境與殘存至今的腥味及餘響。有些詩發表過，部份並未發表，除了〈金門高粱〉一詩收入《愛與死的間隙》卷一（以及卷三〈芹壁村〉一詩收入《女人與玻璃的幾種關係》）外，其餘皆尚未收入其他詩集中。

至於首度登臨馬祖的芹壁村卻是個意外，那時是受邀隨詩人德亮等幾個有「大炮鏡頭」的攝影玩家前往高登島、鐵尖島等小嶼拍攝燕鷗，海看似平靜，才出港一陣子，高浪起伏，活似一條龍的德亮卻早已一條蟲般躺平，即使燕鷗滿天也無力捕捉了。其後在北竿回頭路過一個安靜的村落，當一步步走向它時，宛如一座小古城般正一角角掀開它的神祕，乍見時真是驚為天人，全不曾見過的石頭屋鱗次櫛比在一山屏下靜躺，那大概是臺灣海域內最美的村落了。當然，那也是漁村血汗、戰爭歲月、歷史塵煙、和海盜爭鬥相互轉換傾軋後，由廢墟再重新浮出的另一邊境地標。我們在此徘徊許久，此後又再邀集一些社大學生前來參訪並在石頭與石頭、標語與標語、窗與窗、門與門間變妝即興演出，也因此對此村落從無到有、從興旺到衰敗到再站起的歷程多少有了瞭解。之後回臺還為此村此景建立了一網站，其中的照片和詩句此回即予修正後收在此詩集中，可見得對此村落特殊景致（包括反共標語）的偏愛。

其後，對臺灣邊境之島乃多有偏好，基隆嶼、龜山島、蘭嶼、澎湖、綠島等每有機會皆會屢屢造訪。收在這本書中的除了金門、馬祖相關詩作外，另只收入四首綠島的詩，這四首也與社大學生的六、七十首詩另外結集成《被黑潮撞擊的島嶼——綠島詩畫攝影集》一書，也即將出版。由於當初前往綠島本帶著旅遊的輕鬆心情而去，沒想到卻載了歷史沉沉的積泥而回，綠島再美的景致似乎前方都被放置了一道鐵窗，幾千個政治犯思想犯踩踏的綠洲山莊凹陷了我們的思維和想像，其中積疊的檔案和記憶竟有千噸那麼重，沒有一條時間的船載得動它。而關於黑潮與綠島的糾葛和生死愛恨因已寫在上書序文〈被黑潮撞擊的島嶼〉中，此處即不擬贅述。

比起馬祖和綠島，金門在三個邊境島嶼中知名度最高，土地也最大，去過的人也最多，光是「金門高粱」一物就使得它幾乎名垂千古，被寫入許多詩歌和小說中。此島具有的歷史淵源、文物特色、建築群、人口數，產生的藝術家、詩人、小說家等等，均是其他島嶼難以比擬的。然則，綠島雖是三島中面積最小，物產和知名度皆不及其他二嶼，但在將來卻未必不能超越，整個華人地區它是「思想最先自由的地方」，當年是一座「會思想的島嶼」，是驅動臺灣走向自由民主的先驅之島，臺灣未來則必也是驅動彼岸自由解放的模範之嶼、前驅之島。因此即使綠島已是「昨日之肉」，未來則必有「先驅之先驅」的美名。

地雷從來都是被置放在邊緣或邊境的，地雷可以是炸藥實物，也可能是一群人，不論是戰地或被貶抑之地卻往往成了肉身最受拘困、心境最容易自由翻攪之境，乃至信仰最堅定之處，前述三島、臺灣、乃至西藏、青海、新疆、內蒙、東北等均可作如是觀，即使最後它們都成了「昨日之肉」。因此本詩集末卷將遙遠的青海所見、以及邊境詩人商禽的怪卡思維方式、帝王掌握不住的「夢境」、藝術家「敲碎夢境」等詩作拉入，好像也無不可了。

「邊境」，往往是黑白交界或龍蛇混雜之處，看似管控最嚴，卻最不易掌持，彷彿在什麼角落隱埋了什麼地雷，此時往往也成了最易生發「不可思議夢境」之地，包括詩、包括詩人、包括自由思想、包括一切可能總總，過去如此，未來也必然。

本書之出版承秀威資訊的楊宗翰主編、黃姣潔編輯，以及姪兒莊坤衛、姪女莊珮姍之熱誠協助及幫忙，方能於短時間內輯稿出版，無恁感激，特致謝忱。而未來出版之趨勢，必然網上網下並行不悖，個人多年來於網路及圖文上的努力，能見諸紙本，亦人生一樂事也。也請方家有以正之。

目次

卷一 遭尖嘴痛擊的島嶼：金門篇I

卷二

黑白之間：金門篇II

卷三

永遠兩字的寬度：芹壁村篇

目次 contents

23

卷四

「獄」這個字：綠島篇

卷五

流動的臉：其他篇

卷一

遭尖嘴痛擊的島嶼：金門篇I

毋望在莒

——金門太武山所見

眼前料羅灣
再也不見眾男兒挺槍
前進
當年撩進海峽濡濕的褲管
自從晾在哪家女孩的窗口後
就忘了回收
有些匍匐上了岸
不曾開一槍
就爬進了
忠烈祠

因此都不如前面那山頭
挺得高高的兩乳雷達
傲峙峰頂
引得五色鳥生機勃勃
叫得滿天響
只有他老人家的字跡仍沙啞地
鐫在山壁
塗紅了前來憑弔的
老兵的眼睛
喉頭間跟著一字字滾動：
「無　望　再　舉」

二〇〇二年十一月一日《自由時報》副刊

金門鋼刀

飛出炮膛幾十年
方被捶扁的一頁
歷史
進了我家櫥櫃後
才想起什麼叫飛翔
切、斬
砍、劈
蔬果、雞魚、和豬牛
飛下旋即飛起
不再墜地

又自如呼嘯的一支
鋼翅

仍然嗜血
舔傷我的食指其輕易如舔紅
一滴金
門

二〇〇二年十一月一日《自由時報》副刊

誰來撈起金門

任何人伸手
很難不被牠刺傷指尖的
一隻刺蝟
好脹的生氣
無法潛艇似沉入歷史
無法撈上岸，賜它熱鬧

以回憶填滿炸藥
卻被時間浸爛引信的
一枚
水　雷

二○○二年十一月一日《自由時報》副刊

昨日之肉
——金門翟山隧道

所謂突破總在轟隆隆的
爆炸之後
能量不虞沒有空洞
再堅硬的山體
或肉體
都需要敲擊
挖出一大筆一大筆自己的肉
虛心地向死學習

堅實的空才藏得住
一整師的黑暗部隊
毀天滅地
向人性倒出
眼前是幾十萬公頃的海
任你染紅

但人生無非如此如此
心中不斷沙盤推演
一直耗到師老兵死
最後是
說過的話
都暗暗吞回口中
卻遍尋不著昔日的舌頭

而你
花崗岩做的昨日之肉啊
自己說吧
意欲如何回填

二〇〇二年十一月一日《自由時報》副刊

昨日之肉（II）

一隻竹雞清早起床，睡眼朦朧，還不待飛起，就被什麼冒
失鬼撞死在戰備道路上，但戰車躺在坑道裏等待老朽，只
有小客車成群飛出，一絲絲舔走牠，牠的血牠的肉

隨著輪子，牠的肉滾到全島各地，空氣中塞滿牠血絲微微
的腥羶味，只有牠的骨骼還躺在原地，每個輪胎走過小小
的硬骨，都跳動了一下，整座金門也側身陪牠躺下

躺成一隻，被鋼和火，搥得扁扁的竹雞

二○○二年十二月《幼獅文藝》第五八八期

論金門是一隻大刺蝟

風獅爺拔下身上一叢毛，呼地一吹，隨手就灑在高粱田滾動的陽光裏，滾出一地避雷針似的反空降樁，幾萬根，金門因此脹成好大一隻刺蝟。

大戰後某日，飛來一枚不知番號的砲彈，不偏不倚，插中刺蝟的本尊——村前為首那風師爺的頭頂，卻沒有爆炸，還顫了顫彈尾，抖了抖古銅色的砲彈殼，抖出銳眼金睛，一隻，灰面鵟鷹。之後候鳥季就坐著巨大的羽翼，飛臨金門。並收腳，踏在每一根避雷針上，表演金雞獨立，像踩住穴道，對著這片土地針灸。

金門刺蝟的身軀這才電著了一絲絲麻酥般的快慰。

二〇〇二年十一月一日《自由時報》副刊

▲ 金門風獅爺寫意圖

望遠鏡中的金門

下午四點零一分，那隻蒼鷺準時飛入我的望遠鏡裏；從碉堡孔洞的右方飛向左方，突然牠一個俯衝，自我的望遠鏡中溜走，我快速下移鏡頭，調轉焦距，卻在海的對岸，那大角嶼的小碉堡上，一個敵人跑進我的鏡頭裏來，也舉著望遠鏡在搜尋，是同一隻蒼鷺嗎？我舉高，他舉高，我左，他左，我右，他右

我不理他，繼續到天空裏捕捉那隻蒼鷺，牠應該四點十五分才會飛出我的鏡頭的。但好奇令我再度鎖定對岸小碉堡時，站進來的竟不是人，是黑羽白腹那隻蒼鷺！望遠鏡躺在牠粗大的趾爪邊，牠從翅膀裏緩緩伸出毛茸茸兩隻手，舉起望遠鏡，鎖定我，鎖定整座金門！

二〇〇二年十二月《幼獅文藝》第五八八期

▲ 二〇〇七長寮雕堡藝術展白靈的〈移動鏡光・夢影・前進未來〉寫意圖

當候鳥飛臨金門（註）

天，空在前方
等著嘴喙去填滿
我們屬於
長程飛彈的一族

西伯利亞在背後縮小
縮成小腦殼內
冷冷一枚
白色的爪痕

眼前等著我們去啄破的
是誰的命運
自動即鎖定一個小島
一座宿命，無需命名

那是祖先數不清的趾印
和屎，堆起來
亮在地球偌大皮膚上一粒
紫金的痣

我們飛臨其上，如俯察
體內難以消滅的基因
只等拂曉，只等哪個水塘
使個眼色

一個空在下方的島
伸長了喉嚨等著我們去填滿
幾十萬雙翅膀紛紛投入
　　爆炸

【註】自從金門開始「國家公園」後，軍人大半撤守，候鳥雲集，昔日戰場成了賞鳥天堂

二〇〇二年十二月《幼獅文藝》第五八八期

遭尖嘴痛擊的島嶼

「安全士官守則」變奏曲

月亮女王　一、負責營舍安全。

螢火蟲塞住槍口　二、監督械彈管制。

拉鏈拉起褲襠　三、嚴密水電管制。

鞋子們排在床前　四、檢查就寢人數。

狗吠聲到遠方去　五、巡視衛哨勤務。

蟑螂威風於牆頭　六、注意可疑人物。

小鳥點在電線桿上　七、接聽戰勤電話。

地雷永遠會自動　八、反應緊急事故。

但有誰可以　九、禁止老兵半夜叫新兵。

候鳥們嗅著神秘虛線正　十、循戰情系統回報。

二〇〇五年

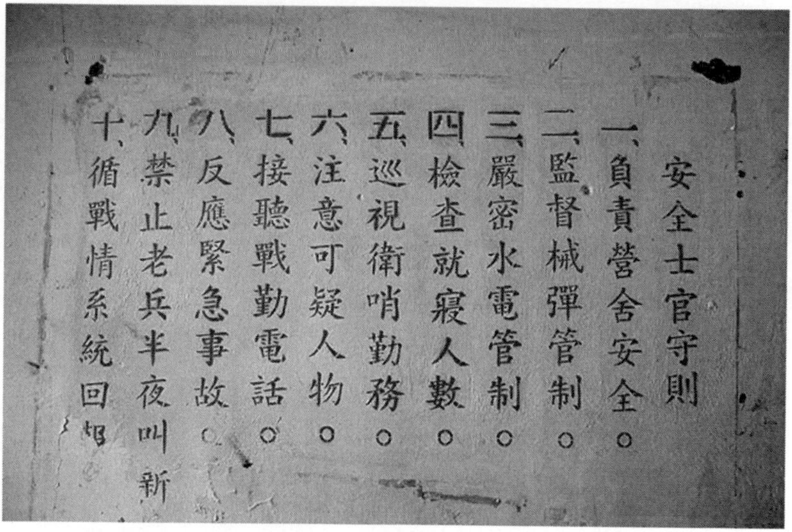

▲ 金門三角堡中的「安全士官守則」

金門高粱

只有砲火蒸餾過的酒
特別清醒
每一滴都會讓你的舌尖
舔到刺刀

入了喉，劃作一行驚人的火
燙進了歷史的胃袋
有誰的脖子和耳根
不紛紛升起
金門的輝煌
和悲涼

整片台灣海峽唯這座島
配做肚臍眼
半世紀的駭浪驚濤
都裝在裡頭
要幾瓶酒才倒得光

始終倒不出來的是歲月吧
從空酒瓶口望進去
望遠鏡中
卻是沒有一條船穿得透的
茫茫濃霧

那就趁半醉半醒
雙手朝兩頭一推

把海峽兩岸都推到
千年之外

但此時你卻醒在
酒瓶堆上
揉揉眼睛說：
「天呀，這裡種下的砲彈
　竟比長出的高粱還多」

二〇〇〇年八月十五日《自由時報》副刊

「卷二
黑白之間：金門篇II

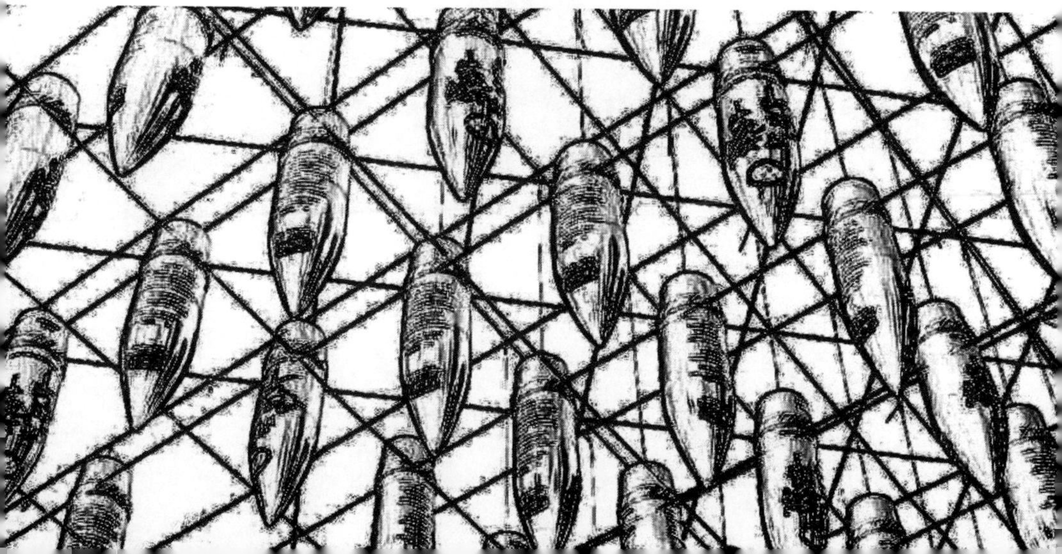

碉堡中的螺旋槳

——碉堡藝術節的狂想：謝素梅〈透透氣〉

如自天靈蓋插入頭顱內的一支
攪拌器，翅開的螺葉
橫掃所有的
意識與無意識
碉堡中螺著　旋著
一支巨大的
螺旋槳

淚被攪在裡頭
海被攪在裡頭

血被攪在裡頭
肉被攪在裡頭
黑夜被白天攪在裡頭
愛被恨恨被怒攪在裡頭
碉堡被槍槍被炮火攪在裡頭
脊椎被蹲蹲被伏伏被爬攪在裡頭
父被母母被兄弟兄弟被姊妹
姊妹被叔嬸叔嬸被外甥外甥被同學
同學被青春青春被一支籤籤被
飛過頭頂的偶然攪在裡頭
攪在裡頭攪在裡頭

最後只剩一雙空空的眼眶
空空如碉堡的兩個洞框
凹在這裡凹在那裡

眼眶中望進去
一支巨大的槳
螺你旋你
如上帝的一根手指頭

二〇〇五年

▲ 由二〇〇四雕堡藝術節謝素梅〈透透氣〉衍生的寫意圖

二大娘的肋骨

——碉堡藝術節的狂想：譚盾的〈音樂視覺〉

二大娘的肋骨曾被子彈
彈出音樂
那時她勇敢地伸手
把肋骨塞回自己的
胸腹裡
雕堡暴露的鋼筋
就不這麼費事
不過是砸壞掉的一台鋼琴罷了

砸壞掉的鋼琴還需要守衛嗎
月光偶然前來
撫摸
彈痕歷歷像音符
在扭曲的鋼筋上發亮
如二大娘新鑲的三顆金牙
牙也是子彈打斷的
還好，她說
我猜，她撕啃記憶時
聽得到的音樂會比磨牙好聽

二〇〇五年

▲ 由二〇〇四雕堡藝術節譚盾的〈音樂視覺〉衍生的寫意圖

島上碉堡

——碉堡藝術節的狂想：姚謙〈聽！是誰在唱歌〉

島鳥鳥島碉鳥島島島島島鳥鳥島鳥碉堡
島碉堡島堡島鳥鳥島島島碉堡島鳥鳥島
島鳥島島島島碉堡島鳥鳥島島島碉堡島
島碉島島鳥鳥島島島碉堡島鳥鳥島島鳥
島堡島島碉堡島島鳥鳥島島碉堡島島碉
島島鳥鳥島島島島碉堡島島島島島鳥堡
島島碉堡島島島島島鳥鳥島島島島碉島
島島島島島島島島島碉堡島島島島堡島

二〇〇五年

金門的骰子理論

——碉堡藝術節的狂想：李錫奇〈戰爭賭和平〉

碉堡一瓶
金門一扇
地雷一間
鸕鶿一波
島嶼一枚
鋼刀一籃
刻在骰子六面
擲到地平線上
正在旋轉
而頭顱只有一顆
今夜你
要駐足何方？

二〇〇五年五月《幼獅文藝》六一六期

▲ 由二〇〇四雕堡藝術節李錫奇〈戰爭賭和平〉衍生的寫意圖

翻滾的金門

——碉堡藝術節的狂想：汪建偉〈軟目標〉

金門人是翻滾的炮彈中移動的碉堡
翻滾的金門人是碉堡中移動的炮彈
金門移動的碉堡是炮彈中翻滾的人
炮彈是翻滾的碉堡中移動的金門人
碉堡人是移翻的金門中炮彈的滾動
移動的金門人是碉堡中翻滾的炮彈
炮彈中翻滾的人是移動的金門碉堡
移動的金門炮彈是碉堡中人的翻滾
炮彈翻滾的金門碉堡中移動的是人

二〇〇五年五月《幼獅文藝》六一七期

碉堡人

——碉堡藝術節的狂想：劉小東〈十八羅漢〉

碉堡碉堡碉堡碉堡碉堡碉堡碉堡碉堡碉堡
碉堡人堡碉堡碉堡碉堡碉堡人堡碉堡人堡
碉堡碉堡碉人碉堡碉人碉堡碉堡碉堡碉堡
碉堡碉堡碉堡碉人碉堡碉堡碉堡碉人碉堡
碉堡人堡碉堡碉堡碉堡碉堡人堡碉堡碉堡
碉堡碉堡碉堡碉堡碉人碉堡碉堡碉堡碉堡
碉堡碉人碉堡碉堡碉堡碉人碉堡碉堡人堡
碉堡碉堡碉堡碉人碉堡碉堡碉堡碉堡碉堡
碉人碉堡碉人碉堡碉堡碉堡碉堡人堡碉堡
碉堡碉堡碉堡碉堡碉堡人堡碉堡碉堡碉堡

二〇〇五年

碉堡的意識流被一株草鑽透

——碉堡藝術節的狂想：蔡明亮〈花凋〉

黑黑黑黑黑黑黑黑黑黑黑黑黑黑黑黑黑黑
黑黑的意識流黑意識的流意識黑的流黑黑
黑黑意黑黑的意識流黑意識意識黑的流黑
黑黑識黑的流意識黑黑黑的流黑黑黑黑黑
黑黑的流黑黑　被　　　　黑黑的流黑黑
黑黑意識黑黑　一　　　　黑黑意識黑黑
黑黑黑的流　　株　　　　　黑的意識流黑
黑黑黑黑黑　　　草鑽透　　黑黑意識黑黑
黑黑的意識流的黑意識流的黑黑意識流黑
黑黑黑的流黑黑的意識流黑黑黑意識黑
黑意識黑黑黑黑意識的流黑黑黑黑黑黑
黑黑黑黑黑黑黑黑黑黑黑黑黑黑黑黑黑黑

二〇〇五年

▲ 由二〇〇四雕堡藝術節蔡明亮〈花凋〉衍生的寫意圖

黑白之間

——碉堡藝術節的狂想：張永和〈一分為二〉

黑黑黑黑黑黑黑黑黑黑黑黑黑黑黑黑黑黑
黑黑黑黑黑黑黑黑黑黑黑黑黑黑黑黑黑黑
黑黑黑黑黑黑黑黑黑黑黑黑黑黑黑黑黑黑
黑黑黑黑黑黑黑黑黑黑黑黑黑黑黑黑黑黑
黑黑黑黑黑黑黑黑黑黑黑黑黑黑黑黑黑黑
黑黑黑黑黑黑黑黑黑黑黑黑黑黑黑黑黑黑
金門人伸出舌尖在黑白兩界的刀峰上舔自己的歲月
白白白白白白白白白白白白白白白白白白
白白白白白白白白白白白白白白白白白白
白白白白白白白白白白白白白白白白白白
白白白白白白白白白白白白白白白白白白
白白白白白白白白白白白白白白白白白白
白白白白白白白白白白白白白白白白白白

二〇〇五年

▲ 由二〇〇四雕堡藝術節張永和〈一分為二〉衍生的寫意圖

三角堡的淹水線

——一九九六年八月一日

這是最早把槍和夢一起抬高的淹水線。大水來時這條線曾把海拉了進來。月亮曾沿著這條線由堡外游到堡內來。噩夢來時這條線曾是生死線。春夢來時這條線會隨夢中的她在天上與人間的空隙搖蕩起伏。黑夜來時這條線的下面是雷區上面是蕾區，只有螞蟻和幽浮可以肩起你的夢穿透這座碉堡自由出入。現在這條線不見了，實線淡成虛線，兵、槍、火藥、口令、和將軍，都轉身走了，只留你在此，把情、仇、愛、恨，狠狠踩住，像踩在一盤久久不願爆炸的地雷上。如此三角堡。。。。。。。

現在這條線浮出於此，虛線暈成實線，兵、槍、火藥、口令、和將軍，都轉身走來，問你為何停留在此，你長嘆一聲，看愛、恨、情、仇如煙飛起，你以指尖輕輕彈開，隨即引發一枚久久不願爆炸的地雷，碎片滿室卻遭空空的堡壘瞬間收藏。如此凌厲的三角堡。

二〇〇五年

▲ 二○○五年三角堡「雷與蕾的交叉」藝術展中白靈的〈三角堡淹水線〉

鄉音

幾百種鄉音在碉堡內直撞橫衝
長了腳的地雷沿壁輾壓著日夜
掉落的灰塵裡住著掉落的童年

二〇〇五年

▲ 二〇〇五年三角堡「雷與蕾的交叉」藝術展白靈的〈長腳的地雷〉寫意圖

鼾聲

弟兄們的鼾聲，是巨大的地雷之網
綑我的夢於其中如口令被鎖在喉嚨

二〇〇五年

▲ 由二〇〇四雕堡藝術節沈遠〈喇叭茶〉衍生的寫意圖

雷與蕾的交叉

一

花蕾覆蓋好地雷後說：
「請不要懷疑我的善良」

二

年年以她的唇
含住地雷，最後花蕾卻嘆氣說：
「你真的比時間還硬」

三

哪個人敢說
他／她身上不帶著
幾顆地雷的？

有時炸自己
有時炸別人

四

有無可能
埋在心中的地雷
是要把自己
炸得通體舒透？

五

「哪個部位
是你／妳身上
地雷的按鈕？」

「不會自己按按看嗎？」

六

夢是現實的地雷
詩是語言的地雷
至少是有意思的地雷

七

這世間的花蕾
或情種
無不是微型的地雷
鑽入未來的土地
埋入你掘不著的心坎

八

地雷說：
公無踩我
公竟踩我
踩我而死
將奈公何

二〇〇五年

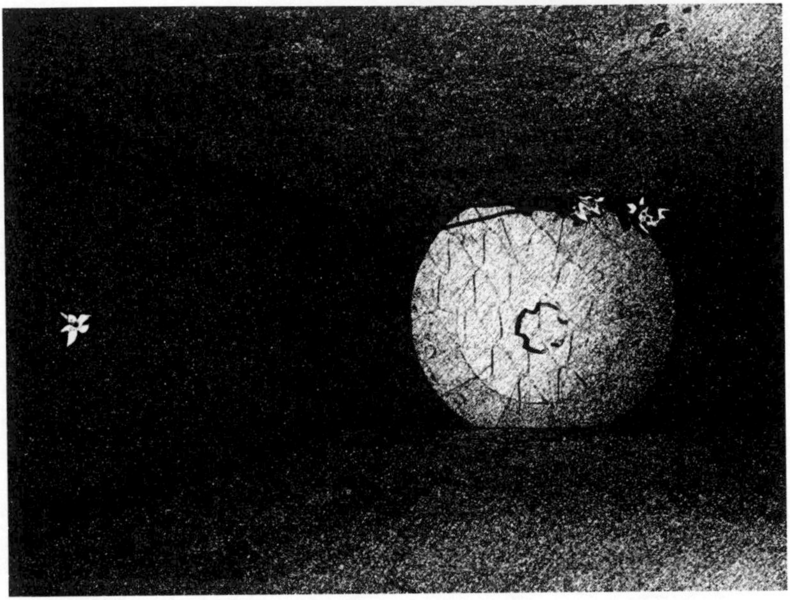

▲ 二〇〇五年三角堡「雷與蕾的交叉」藝術展中白靈的〈雷與蕾〉

卷三

永遠兩字的寬度：芹壁村篇

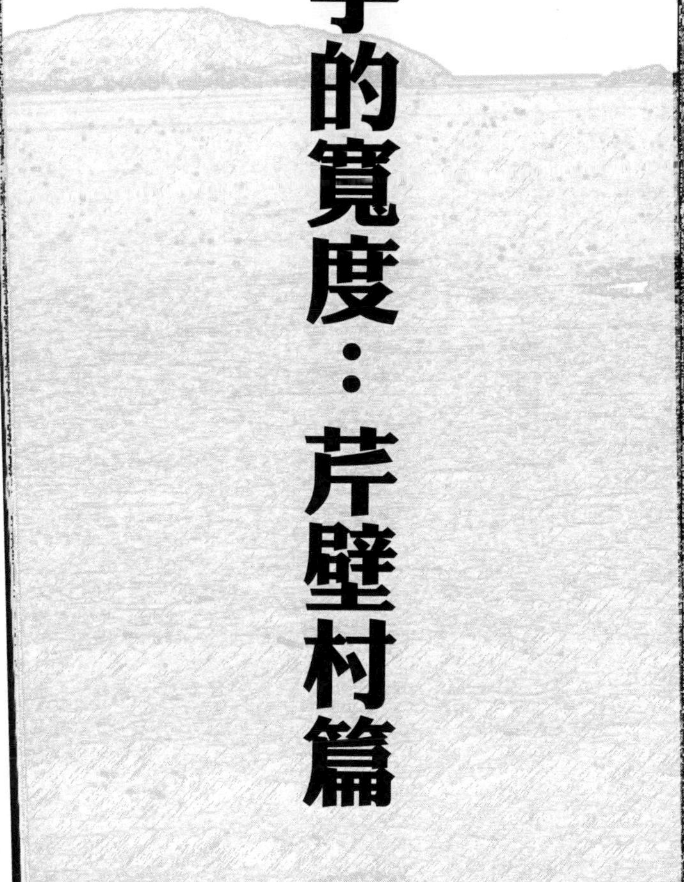

主使者

影子與屋子玩遊戲
左 右 前 後
主使者
遙不可及

一代人都掉在那影子裡

二〇〇六年初稿，二〇一〇年修正

壓或挺

風抵達屋瓦
就不想走了
只思考著
如何凝成一塊石頭
而可以壓住什麼

或只想單純被地球挺住

二〇〇六年初稿，二〇一〇年修正

不想的想

開始體會「一起」的感覺
即使只是一塊醜石
混亂的整齊不規則的規則不想的想

二〇〇六年初稿，二〇一〇年修正

三

三條電線
曾是三隻燕子
曾是三顆子彈
曾是三道飛機雲
都是三件毫不相干的偶然

二〇〇六年初稿，二〇一〇年修正

永遠兩字的寬度

避開不如看開
框住不如不框
能存在的
唯永遠兩字的寬度

二〇〇六年

占據

陰影　占據白日夢
窗　占據光的出入
石頭　占據瓦的自由
瓦的自由是閒置　或破碎
自由　需要占據什麼？

二〇〇六年初稿，二〇一〇年修正

海盜屋

也曾有海盜的頭顱伸出
滾入海中

窗戶迄今仍在回味
那不曾再有過的大笑

一波波，海都震動的大笑

二〇〇六年初稿，二〇一〇年修正

拼命逃逸的夢

也曾有落日
被大砲狠狠地擊落
如擊落一個
拼命逃逸的夢

現在一隻手就笑笑地挺住

二〇〇六年初稿，二〇一〇年修正

巷子

對沒有了槳的船來說
巷子即是海峽
海峽是可以夾死鄉愁的
那時代這樣的船多達兩百萬艘

二〇〇六年初稿，二〇一〇年修正

芹壁村

——馬祖北竿所見

傷口仍在
卻聽不到有人喊
痛，除了海

腥味猶存
但看不見再有一條魚被釣進
盤子裡，除了標語
和吶喊

樑木朽了，爛入自己的
影子裡

還有百年石牆撐著，說：
有我。除了窗
和等候

一定有一滴血，乾了
還躲在哪塊石縫中
喊渴，而歷史低下身去
卻遍尋不著

故事永遠相同
一盞燈關閉一座村落
一盞燈開啟一座村落

歲月中，浮出一座芹壁村

二〇〇七年四月八日《聯合報》副刊

茫

欄杆不可扶
小心海　跨過欄杆來
歲月不可扶
小心茫　跳過懸崖砸下來

二〇〇六年初稿，二〇一〇年修正

即蓋即拆的想

浪是海即蓋即拆的屋瓦
你是我即蓋即拆的想

二〇〇六年

吹

時間最會的就是吹
吹大，吹長
吹有，吹無

八風卻吹不動你
心頭壓住的　想

二〇〇六年初稿，二〇一〇年修正

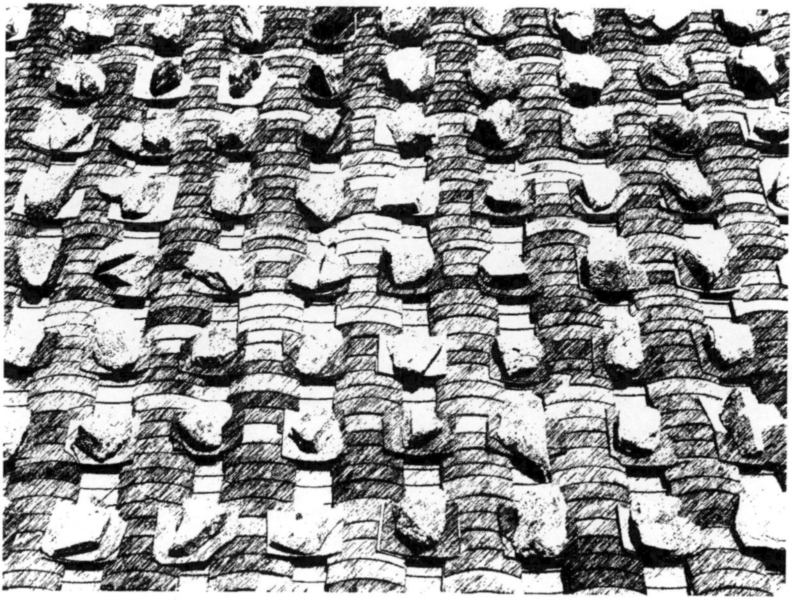

芹壁

如何才能絕塵而去
這裡的每一塊石頭
都沉思了上百年

只有**芹**菜的命運是季節性的
壁虎的四腳滑行在別人剩下的角落裡

二〇〇六年初稿，二〇一〇年修正

陰影

容格對陰影也是無知的
陰影即一切

陰影一刀切下
屋子的心情
一半冷一半熱

二〇〇六年初稿，二〇一〇年修正

諜對諜

匪夷所思的光影
諜對諜似的
捉弄著一屋子的石頭
內心的冷
誰來檢肅

二〇〇六年

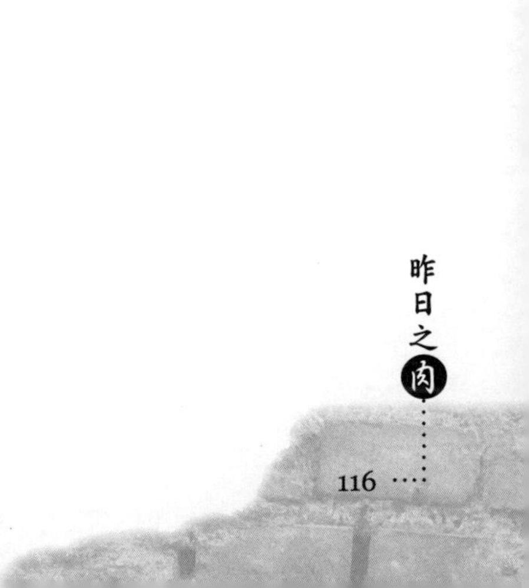

探勘

死亡拉開一條門縫
向我們探勘　說：
誰是最後的勝利者？

二〇〇六年

杯子與屋子

一杯酒一樣的
人生
一杯人生一樣
的酒
屋子不如的杯子
酒不如的　人

二〇〇六年初稿，二〇一〇年修正

口號還在

人走了，口號還在
口號模糊了，嘴形還在
嘴形僵在石壁上，日子還在
日子停在歷史的某一行
只有翻書的手影
飛翔其上

二〇一〇年八月

德順號

德與色在孔子眼中是不均等的
順著人性滑下去
號稱不朽的石頭也是軟的

二〇〇六年

▲ 白靈的新店社大學生在芹壁村的即興裝飾展

西瓜一樣的脆

石頭拼命喊「有！」
也無法萬歲，何況人生
西瓜一樣的脆

二〇〇六年

▲ 白靈的新店社大學生在芹壁村的即興裝飾展

看不見的紅

血也不能紅得這麼大片
除了戰場和晚霞

誰見過自己心的紅呢
誰看得見誰紅的心呢

二〇〇六年初稿，二〇一〇年修正

▲ 白靈的新店社大學生在芹壁村的即興裝飾展

海裹在身上

把海裹在身上的人有福了
船沉在你的眼裡
魚咬開你的唇嘴
燕鷗築巢在你的髮窩
珊瑚扇開卵泡　水母浮上降落傘
自你藍色的腰肢　和陰暗的海溝
有福了身上裹著海的人

二〇〇六年初稿，二〇一〇年修正

▲ 白靈的新店社大學生在芹壁村的即興裝飾展

面具

面具遮住的是自己，還是世界
是神，還是魔
你，躲在之內與之外之間
面具的面具

二〇〇六年初稿，二〇一〇年修正

▲ 白靈的新店社大學生在芦壁村的即興裝飾展

鬼魅

口含玫瑰劍
臉敷紫丹霞
肩披黑豹雨
婀娜窈窕

這是戰爭特意裝扮的
陸上的魑魅
還是水中的魍魎？

二〇〇六年初稿，二〇一〇年修正

▲ 白靈的新店社大學生在芹壁村的即興裝飾展

發泡

西瓜是人頭
土地是西瓜的身體
地球伸出的一顆顆頭顱
像宇宙伸出的一顆顆地球

深夜的星系間
正此起彼落
發泡

二〇〇六年初稿，二〇一〇年修正

▲ 白靈的新店社大學生在芹壁村的即興裝飾展

腐爛

哪一種會先腐爛
肉或臉皮？
愛與恨，何者是臉皮
哪一種是肉？

而肉與臉皮之間
躲著什麼？

二〇〇六年初稿，二〇一〇年修正

▲ 白靈的新店社大學生在芹壁村的即興裝飾展

萬歲

屋子臉上貼著「蔣ＸＸ萬歲」
屋子裡面那隻鬼魅
伸了一伸
萬分之一歲的
紅舌頭

二○○六年

▲ 白靈的新店社大學生在芹壁村的即興裝飾展

有！

心是影子
著火了
海在遠方喊：
「消防栓！」
消防栓沒有喊「有！」

二〇〇六年

悶

無人了解
消防栓的悶
三十年
從沒被打開

二〇〇六年

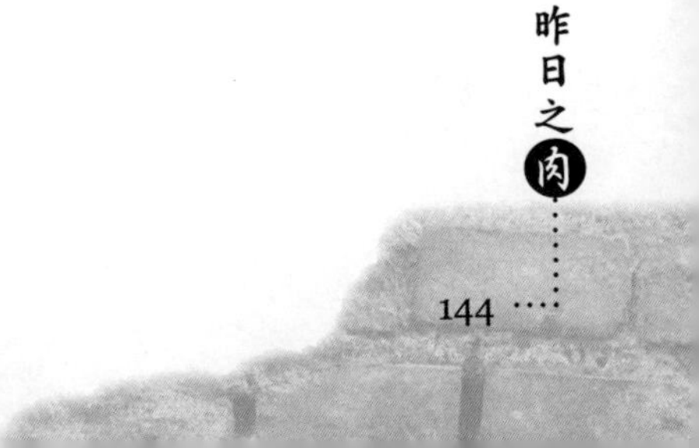

填

每一扇窗都是寂寞的
像每一個洞一樣
填滿的，從填不滿

二〇〇六年

浪花

白髮是歲月的浪花
翻滾在阿嬤的山頂

二〇〇六年

推移

木頭與木頭無語
推移着影子
剝落一座門
等一隻蒼老的手
嘎嘎轉動

二〇〇六年

裂縫

影子是門栓的言語
靠裂縫才能開口

詩是日子的言語
靠開口才有裂縫

二〇〇六年初稿，二〇一〇年修正

對稱

對稱的世界裡
從無對稱的人
從前的照明彈
照不亮今日的水銀燈

二〇〇六年初稿，二〇一〇年修正

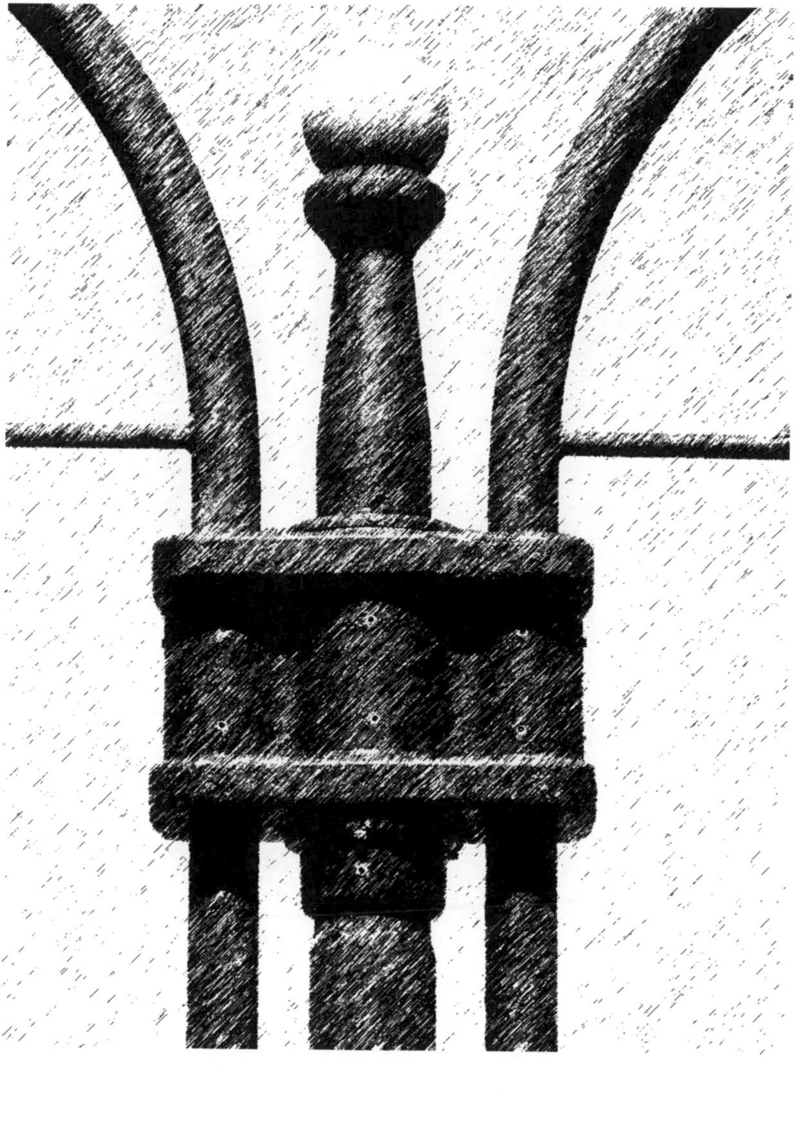

攔

攔　是好的
攔住時間　攔住空曠

誰會在轉彎處
站成一盞孤寂　攔你

二〇〇六年初稿，二〇一〇年修正

指紋

敲石人的指紋
猶藏在哪個隙縫裡
一枚剛翻開過家書的
指紋？

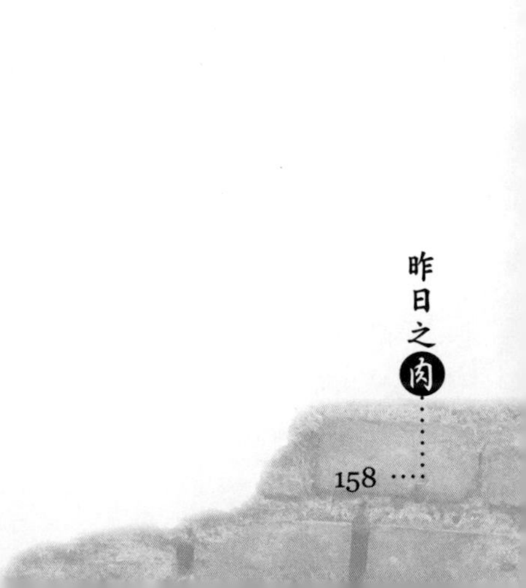

堆疊

多少沙
時間一樣的堆疊
才看得見這轉身
即逝的
影子

二〇一〇年八月

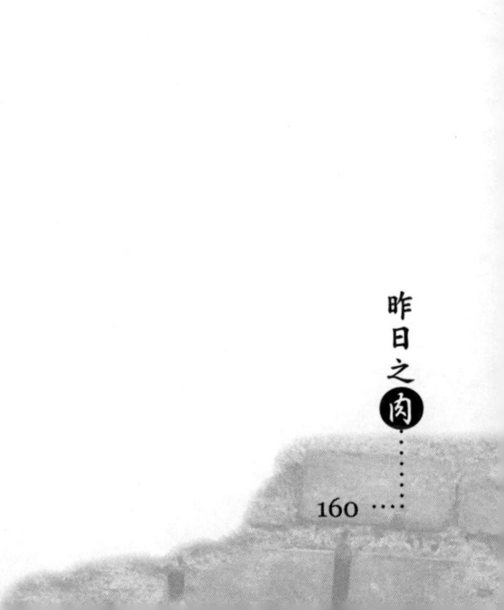

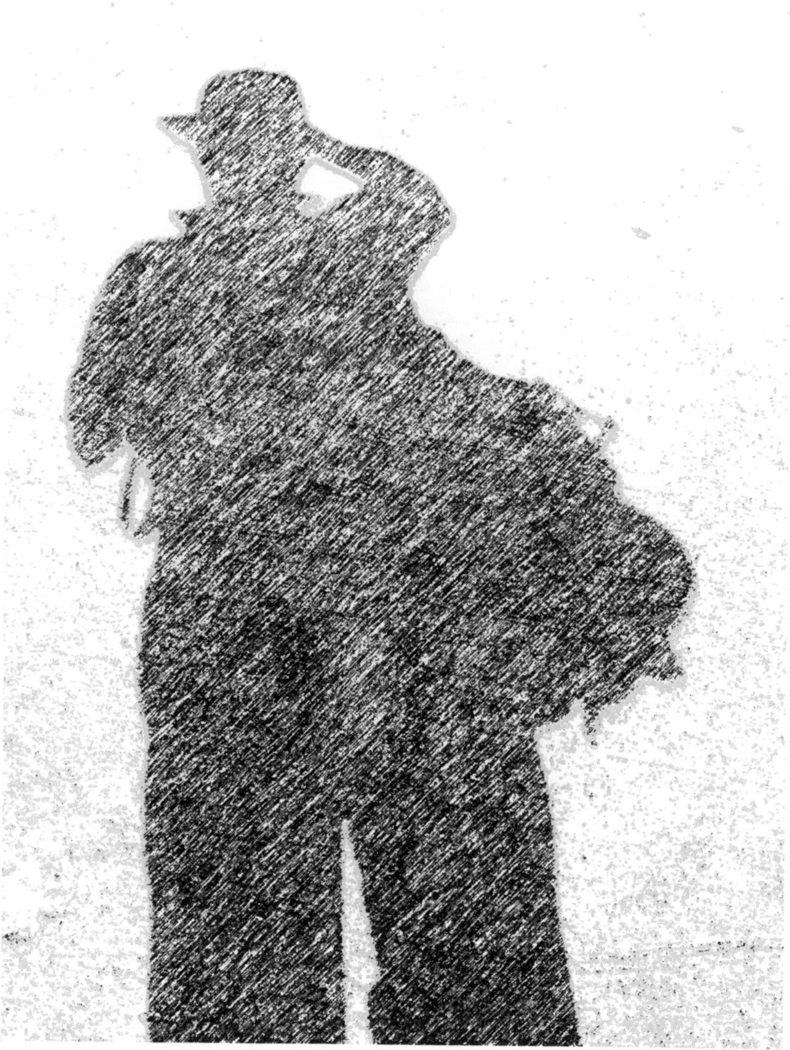

旋

靠一把傘可以遮掩多少窗口
靠一把傘便可旋開多少滴雨
便可旋開多少朵雲
便可旋開多少雙眼睛
便可旋開多少日子
即使黃金一樣掉下來的日子

二〇一〇年八月

卷四

「獄」這個字：綠島篇

「獄」這個字

《說文》：「獄，確也。從犭和犬，從言，二犬所以守也。」《釋名》：「獄，確也。實確人之情偽也。」其本意是以確定或「守護」是非曲直而得名的。綠島卻以「直言而入獄」聞名於世。

二〇一〇年六月

綠洲山莊的八卦樓

一九五〇年代綠島設立新生訓導處，關過三千多位政治犯，一九七〇年代設立綠洲山莊，關過五百多人。山莊之樓形呈「X」字，因有八個邊角而被戲稱為八卦樓。

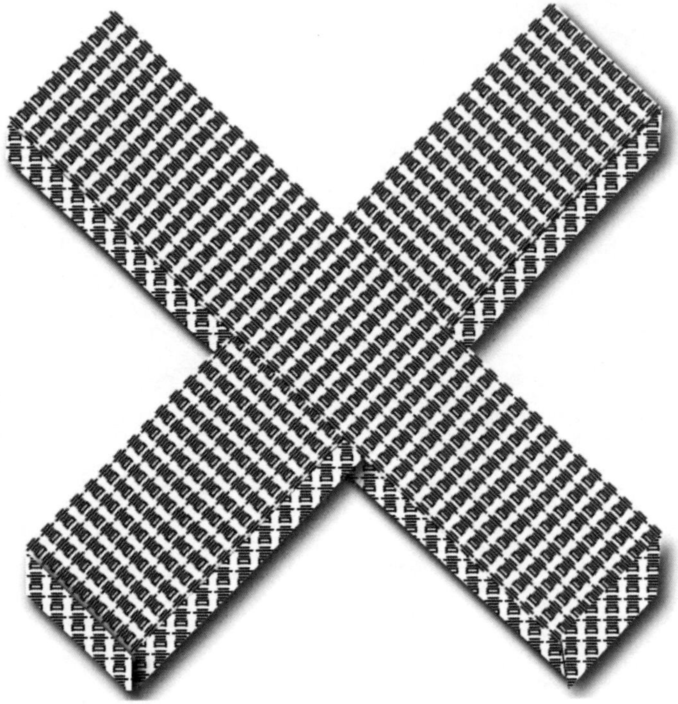

二〇一〇年六月

將軍岩

——原名泣婦岩

每一位將軍的
長劍尖上都滴著一滴
滴泣婦的　淚

二〇一〇年六月

黑潮

寬度約一百公里，深度約七百公尺，最大流速每秒一公尺。當其行經菲律賓、台灣、日本時，與陸地間的距離，以台灣的綠島最近。綠島一帶的「黑潮能」發電量，據說相當於三座核能電廠的總發電量。

他們是黑色的，圓眼燕魚、黑鮪魚、旗魚
他們是黑色的，眼珠亮麗牙齒尖銳
他們是黑色的，鰹魚、鯊魚、及鬼頭刀
他們是黑色的，以三歲的鱗片或三十歲光溜溜的身子
他們是黑色的，摩擦過一千歲高齡微孔珊瑚的鐘型香菇頭
他們是黑色的，沒錯，比座頭鯨的頭還巨大的香菇頭
他們是黑色的，中間竄出九棘長鰭鸚鯛、小丑魚、神仙魚
他們是黑色的，用或圓或尖的頭顱
他們是黑色的，用碩大或細小的身軀

他們是黑色的，陽光插入陽光插入陽光插入
他們是黑色的，像暗中搖搖晃晃的天井
他們是黑色的，金花鱸、角蝶鱸、紫花鱸在黑漆中變幻色彩繽紛
他們是黑色的，正抵禦著強勁強勁強勁之海流
他們是黑色的，翻車魚、魟魚、和鯨鯊在煮沸的開水中滾動
他們是黑色的，只好向海底緩緩下潛
他們是黑色的，哈氏異康吉鰻和小海扇
他們是黑色的，在前面黑色中白色的沙底愈來愈清楚
他們是黑色的，這是時速三浬的海底特快車
他們是黑色的，力與美的身影箭一般地快速移動
他們是黑色的，前方一座島嶼於天光斜線照射下反射出微微的亮

（魚落網魚掙扎魚翻滾魚跳躍魚尖叫而來
人銬手人落淚人滾翻人撞牆人長嚎而去
綠島在前方著火爆燃以高溫翻滾入水中）

他們是黑色的，這是火燒島浮浪人收容所
他們是黑色的，每個人前方都有三公尺長的陰影
他們是黑色的，這是新生訓導處，這是職訓總隊，這是感訓監獄
他們是黑色的，就是有人偏偏愛逆著時代強勁的水流
他們是黑色的，這是勵德訓練班；這是技能訓練所
他們是黑色的，這些人思想像手中那碗飯一半長滿米蟲
他們是黑色的，三千頭顱正設法用一句口號統一
他們是黑色的，這是莊敬營區自強營區綠洲山莊
他們是黑色的，蕭福丁一九五一～一九五四賴清錬一九五〇～一九六五簡永松一九七〇～一九七七
他們是黑色的，誰的青春可以像柯旗化一九五一～一九五三／一九六一～一九七五新英文法不斷再版
他們是黑色的，蕭振仁一九五二～一九六四黃坤能陳啟猛呂秀蓮柏楊施明德……
他們是黑色的，幾千人的青春被一支槍抵住而生了鏽而掉落

他們是黑色的，一句三字經一句真話一句咒語得撐起數十年歲月的重量
他們是黑色的，觸摸不到的真理一如彈丸大綠島的真面目都無人看得清
他們是黑色的，醫生議員教師學生知識份子只是思想箭般地快速移動射中這座島
他們是黑色的，他們是黑色的魚他們是黑色的鯨他們是黑色的鐘形香菇頭
他們是黑色的，像泉井無罪只是暗中搖晃、湧動……

他們是黑色的，因無雜質可反光而成純淨之黑色暖流
他們是黑色的，黑色時代之人群中的暗流
他們是黑色的，寬度約一百公里，深度約七百公尺，最大流速每秒一公尺……

二〇一〇年七月

卷五

流動的臉：其他篇

散文詩教主

——歪公商禽（註）

一九七三年仲夏那個早晨，你坐在臺階上，一坐近四十年，而臺階下眾小子滾動的眼珠正發動引擎，呼嘯一聲四面八方去了。之後無一不落在山下那面大網中，到今天還沒有自夢或者黎明中醒來。

到了中午，你的話語才環珮玉珠般的自臺階上滾了下來，那時還沒有人知道什麼是三星堆，而你正比劃著僰人後代外星族群縱目大耳才有的歪想歪理，你的眼珠子像戴了金質面具那麼凸，你滔滔地說著古文明早已消失的銀亮底咒語。

到了黃昏，我們這才終於聽懂了臺階下方潺潺滾滾的流水聲，也才明白八千里路雲和月不能不用腳思想的玄秘，只因你的頭腦奔突的基因是古國你搆不到的懸棺，是金沙遺址你攔不住的萬頭大象衝闖出的祕圖。

原來，懸棺和祕圖是屬於教主的，而教主是屬於黑夜的，而黑夜是屬於逃亡的天空和遙遠的催眠的。

【註】第一次見到商禽（外號「歪公」）是參加一九七三年夏天的復興文藝營，於銘傳的山上。他的凸眼與特殊思維方式與其或是四川三星堆及金沙遺址的後裔（僰〔音博〕人？）有關。

二〇一〇年七月

流動的臉

沒有固定的臉，從出生就不知自己確切的模樣，我的速度即是雲的速度。日月山說從我臉上可以看到他自己，巴燕峽、紮馬隆峽、和老鴉峽也這樣說，金剛崖寺的塔尖倒在我臉上只不過一千年罷了。

昨日來過的藏女又到我臉頰邊來照亮她自己了，她的祖母也是，她祖母的祖母也是。犛牛們也來啃我的臉了，我突然由一雙牠們的眼珠子看到自己的一點點影子，真的只有芝蔴般一點點臉皮，不斷閃動的一點點臉皮，我真的沒有固定的臉嗎？

我也想去藏民們口中的塔兒寺匐匍參拜，叩頭十萬次，雖然他比我年輕太多太多了，我，應該有幾千還是幾萬年那麼老了吧。但即使我把我自己撞得鼻青臉腫，從額頭到臉頰到下巴拉長了幾百公里那麼遠，甚至變形到不行，依然無法看見他的大小金頂。

匐匍去參拜了一年的老藏民回來了，蹲在我身邊，用我的臉來洗他的臉，我跳躍著流過他的眼睛，終於也看到，他眼珠中還沒熄滅的大小金頂。

我滿足地放他離去，繼續以雲的速度向遠方奔去，繼續流動我的臉，成為一條在風中漂泊的哈達。

我沒有固定的臉。我是湟水（註）。

二〇〇九年十二月《創世紀》詩雜誌第一六一期

【註】湟水，在青海省境內，黃河上游最大的一條支流。

青海湖小札（五帖）

海拔三二六〇米

海拔到此
才知心臟果然是自己的
才知腳步的深淺原來
必須與呼吸同步
才知鳥的高度是怎麼一回事
飛　是怎麼一回事

高峰湖

被天神雙手捧在唇端的
一碗水
周圍三六〇公里的一隻大碗
寂　是這碗殼的質地
霧　是這碗水製造的神秘

你與我沿著碗沿移動
如小小螞蟻兩粒
舉目所見
日月山橡皮山、南山大通山
具是天神蒼老的掌紋
和唇沿的皺褶

犛牛

山峰當然是高高的牛頭
大路當然是彎曲的牛尾
原野當然是平坦的牛皮
連公雞頭頂當然都粘著一塊
鮮紅的牛肉（註）

古老而又年輕
一頭仍在現代走動
又無需走動的
天神的坐騎

鷗鳥

蛋殼大的一顆心臟
伸出兩隻翅膀

近看
是湖上的划槳人
把船和雙槳
都划上了天

遠望時，僅剩
一對眉

喔，滿天都是眉毛

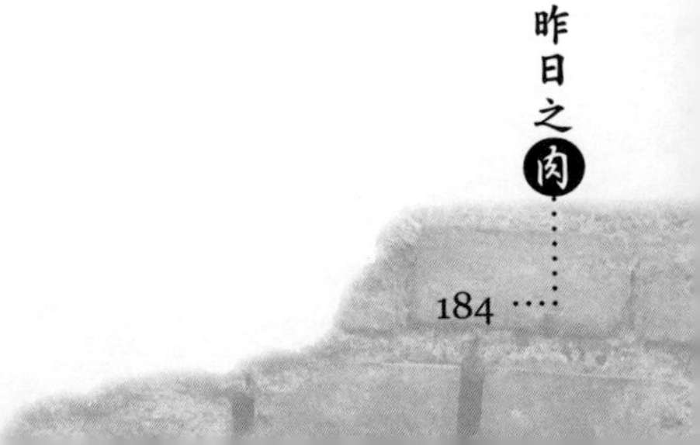

水的循環

這裡每一滴水
都曾是雲
都旅行過地球各地
又回到這裡
我身上的水分子必也將如此
最終也會進入
捧了幾千米高的這碗水中
卻也顫巍巍
不知何時會地轉天旋
傾倒入
白髯包圍
天神尚未張開的
大嘴

【註】藏族神話故事中有〈斯巴宰牛歌〉，大意是：「斯巴宰小牛時，砍下牛頭扔地上，便有了高高的山峰；割下牛尾扔道旁，便有了彎曲的大路；剝下牛皮鋪地上，便有了平坦的原野」。又說：「斯巴宰小牛時，丟下一塊鮮牛肉，公雞偷去頂頭上；丟下一塊白牛油，喜鵲偷去貼肚上；丟下一些紅牛血，紅嘴鴨偷去粘嘴上」。「斯巴」（SRID-PA）是藏語，有「宇宙」、「世界」，或神的形象之意。

二〇一〇年一月十三日《聯合報》副刊

犛牛之歌（四帖）

雪域之舟

多麼寬大，牠的雙角之間
真的，每一頭都坐得下一村子的人
跳神、匍匐、轉動法輪
不，牠們俯身，就頂得起整座青康藏
並從角尖，吹出幾千年宏亮的號音

覆蓋

密而厚的絨毛從身體兩側
和胸、和腹、和尾，垂下
覆蓋了整座青康藏高原
並以馬蹄鐵般的硬質蹄殼
堅定地站進原始岩畫裡

散盡

僅能以長而靈動的舌，與大地對談
舐遍最隱密的灌叢、落葉、和根莖
以及殘留在地球凹處的短草
然後低頭刀俎下，報以奶以肉以毛以皮
以角以骨以糞，散盡自己，不語，像佛

青銅器——一九七三年出土

粗矮、健壯，大幅彎曲的牛角
脊峰高聳，頭部前傾，嘴巴半張
正在吼叫，綠銅鏽和黑漆痕也傷不了
牠的喉音。面對全世界的鎂光燈
整座青康藏通過一根喉管，在吼叫

二〇〇九年十二月《創世紀》詩雜誌第一六一期

楚王墓十行

再精緻的玉和金
也包裹不住你身上七尺長的黑夜
你雙眼和雙掌上拳攏過的財寶
不會比彭城一秒鐘的湖水還亮
你的江山再大大不過
一襲蟒袍上的一粒灰

再精密的死　都比不上一株瘦細的柳樹
只柳葉兒的一小片鮮嫩　就搖撼了江北的三月
放鶴亭上吹過我額髮的風
下一刻將吹動　你整座龜山的樹　和草

二〇〇八年六月四日

金縷衣

熱鬧過
也手舞足蹈過的
肉身
肉身包裹過的血液和骨骼
比金絲猶為細密過的神經元
尤其是你無人理解過的意識
和潛意識
都在蟲蟻奔闖的搬動中
捷運地搬過玉片與玉片的隙縫

只有地下宮壁冷冷的皺褶
能細膩地記錄
一件金縷衣崩塌的
音效
猶之歷史，只能記錄
被時間中空了的一段歲月

如今勉強被考古學者
再度撐開的
一具空殼子
卻聽不到那顆喉結
遙遠的一聲吆喝
連龜鈕銀印還是鎏金壺熏
也考據不出你的指紋
或手印
你指點過的江山

此後只聞萬馬奔騰
再來就是引擎隆隆了

但似乎仍有一股殺氣
橫躺於我眼前
在你闔眼兩千載
沾黏你的骨與血後猶燐燐閃動
刀槍削磨過的
一米七長、幾千片的
寒光
長吁一口氣後
要自這中空了的
金縷衣

突地坐起

二〇〇八年六月四日

光之停頓

——冬夜憶哈爾濱

彷彿天下之岩石同一瞬間
都推開了心中的老鷹
冷　堅　地凝固於此
湖泊正以微弱的氣息
蒸　發

環抱湖岸的
白楊樹慌亂於走失的倒影
像剝下冬神的一層臉皮
唯餘虛華、幻象
和孤立

凍草拒絕了夢躍之飛蟲
因耽溺於堅持而搖搖欲墜
每一條江，每一片湖
皆因冷掉的心
同時間自鏡中掩面離去

在無神的陰影中
月亮如何找到自身？
光　停頓了下來
忍住不發，堅持
進入永夜

二〇〇八年三月《台灣詩學．吹鼓吹詩論壇第六號》

仲夏夜讀

你將驚訝，天空早佈滿你金色的弦
時間也不能將你合攏
任誰也不能將它斬斷、消融
夜臨時，無數的翅膀在其中
拍動、振顫……

你是往昔，你是未來
你是既張羅
又禁止百萬蛙兵大合唱的
那片池塘
你是飛輪中心看不見的那隻手
運轉我整座城池的歲月之輪

如一首歌甘心於被唱盤吞噬
再長的絲如果不進入紡輪
它又如何讚嘆自己的長度
我是那已離喉囊而去的一聲
蛙叫
甘心，被你的夏天吞沒

二〇〇八年三月《台灣詩學・吹鼓吹詩論壇第六號》

林風眠（一九〇〇～一九九一）的馬桶

——一九六六年文革初起，林氏將畢生傑作泡於浴盆，沖入馬桶，悉數毀去

那年代任誰的天靈蓋
都得被打開
按一耳鈕
每一顆頭顱內部
就沖刷得乾乾淨淨
你　也
難逃例外

在社會潮流中裸泳的想法
於恐怖小說中漂泊的一生

尤其抄在美術史上那些畫
用一只全中國少有的
西式大漏斗
咕噥咕噥
蠕動一截會咀嚼的
喉嚨，就通通消化了

消解了
不都早已消解了嗎
但今夜
何以你仍鬼魅地
前來，化身成
你畫上短小那隻貓頭鷹
拍開歷史搖晃的蘆葦
胸中藏一燭小火

飛到這只龜裂的白瓷頭顱上
對著被打開的天靈蓋
對著咽喉下幽幽彩墨
和紙漿爬出的蛆虫
撒最後一泡尿
按下鈕，水猛烈刷下
你伸出枯瘦的爪
勇敢地將胸內的燭火，和自己
揑熄

（隨馬桶的水漩，全中國的頭顱都乾淨起來）

二〇〇一年三月《創世紀》詩雜誌第一二六期

語言文學類　PG0470

昨日之肉
——金門馬祖綠島及其他

作　　者／白　靈
主　　編／楊宗翰
責任編輯／黃姣潔
圖文排版／蔡瑋中
封面設計／陳佩蓉

發 行 人／宋政坤
法律顧問／毛國樑　律師
印製出版／秀威資訊科技股份有限公司
114台北市內湖區瑞光路76巷65號1樓
電話：+886-2-2796-3638　傳真：+886-2-2796-1377
http://www.showwe.com.tw
劃撥帳號／19563868　戶名：秀威資訊科技股份有限公司
讀者服務信箱：service@showwe.com.tw
展售門市／國家書店（松江門市）
104台北市中山區松江路209號1樓
電話：+886-2-2518-0207　傳真：+886-2-2518-0778
網路訂購／秀威網路書店：http://www.bodbooks.tw
國家網路書店：http://www.govbooks.com.tw
圖書經銷／紅螞蟻圖書有限公司
114台北市內湖區舊宗路二段121巷28、32號4樓
電話：+886-2-2795-3656　傳真：+886-2-2795-4100

2010年11月BOD一版
定價：300元

國家圖書館出版品預行編目

昨日之肉 : 金門馬祖綠島及其他 / 白靈著. -- 一版. -- 臺北市 : 秀威資訊科技, 2010.11
面； 公分. --（語言文學類 ; PG0470）
BOD版
ISBN 978-986-221-644-6（平裝）

863.51 99019790

讀者回函卡

感謝您購買本書，為提升服務品質，請填妥以下資料，將讀者回函卡直接寄回或傳真本公司，收到您的寶貴意見後，我們會收藏記錄及檢討，謝謝！
如您需要了解本公司最新出版書目、購書優惠或企劃活動，歡迎您上網查詢或下載相關資料：http:// www.showwe.com.tw

您購買的書名：________________________________

出生日期：________年________月________日

學歷：□高中（含）以下　□大專　□研究所（含）以上

職業：□製造業　□金融業　□資訊業　□軍警　□傳播業　□自由業
　　　□服務業　□公務員　□教職　□學生　□家管　□其它______

購書地點：□網路書店　□實體書店　□書展　□郵購　□贈閱　□其他

您從何得知本書的消息？

□網路書店　□實體書店　□網路搜尋　□電子報　□書訊　□雜誌
□傳播媒體　□親友推薦　□網站推薦　□部落格　□其他__________

您對本書的評價：（請填代號　1.非常滿意　2.滿意　3.尚可　4.再改進）

封面設計____　版面編排____　內容____　文／譯筆____　價格____

讀完書後您覺得：

□很有收穫　□有收穫　□收穫不多　□沒收穫

對我們的建議：________________________________

____

____

____

請貼
郵票

11466
台北市內湖區瑞光路 76 巷 65 號 1 樓
秀威資訊科技股份有限公司 收
BOD 數位出版事業部

(請沿線對折寄回,謝謝!)

姓　　名:＿＿＿＿＿＿＿＿＿＿　年齡:＿＿＿＿　性別:□女　□男

郵遞區號:□□□□□

地　　址:＿＿＿＿＿＿＿＿＿＿＿＿＿＿＿＿＿＿＿＿＿＿＿＿＿＿

聯絡電話:(日)＿＿＿＿＿＿＿＿＿＿＿(夜)＿＿＿＿＿＿＿＿＿＿＿

E-mail:＿＿＿＿＿＿＿＿＿＿＿＿＿＿＿＿＿＿＿＿＿＿＿＿＿＿